迪士尼公主
經典故事集 ❤ 3

白雪公主 & 花木蘭

新雅文化事業有限公司
www.sunya.com.hk

迪士尼公主經典故事集③

白雪公主 及 花木蘭

翻　　　譯：高君怡　日堯
責任編輯：潘曉華
美術設計：王樂佩
出　　　版：新雅文化事業有限公司
　　　　　　香港英皇道 499 號北角工業大廈 18 樓
　　　　　　電話：(852) 2138 7998
　　　　　　傳真：(852) 2597 4003
　　　　　　網址：http://www.sunya.com.hk
　　　　　　電郵：marketing@sunya.com.hk
發　　　行：香港聯合書刊物流有限公司
　　　　　　香港荃灣德士古道 220-248 號荃灣工業中心 16 樓
　　　　　　電話：(852) 2150 2100
　　　　　　傳真：(852) 2407 3062
　　　　　　電郵：info@suplogistics.com.hk
印　　　刷：中華商務聯合印刷（廣東）有限公司
　　　　　　廣東省深圳市龍崗區平湖街道鵝公嶺春湖工業區 10 棟
版　　　次：二〇一九年四月初版
　　　　　　二〇二三年一月第四次印刷

Based on the stories "*Snow White and the Seven Dwarfs Classic Storybook*" and "*Mulan Classic Storybook*".
Illustrated by the Disney Storybook Art Team

ISBN: 978-962-08-7229-7
Published by Sun Ya Publications (HK) Ltd.
18/F, North Point Industrial Building, 499 King's Road, Hong Kong
Published in Hong Kong SAR, China
Printed in China

DISNEY PRINCESS

迪士尼公主
經典故事集 ❸

白雪公主

從前，有一位善良的公主，名叫白雪。白雪公主的繼母是個壞心腸的王后。她擔心白雪公主有一天會長得比自己美麗，所以強迫白雪公主穿着破舊的衣服，並像僕人一樣工作。不過，白雪公主溫柔善良的本性並沒有因此而改變。

　　在城堡裏，王后每一天都會向魔鏡問話。她總是問同樣的問題：
「魔鏡魔鏡，誰是世界上最美麗的人？」

　　每一次魔鏡都會回答：「王后，您是世界上最美麗的人。」

　　但是，有一天早上，魔鏡竟然說白雪公主是世界上最美麗的人！
王后十分憤怒，心裏充滿了妒忌。

在王后發怒的時候，白雪公主正在打理家務，並向許願井唱歌，訴說着心裏的一個願望，希望能遇上自己的真愛。白雪公主並不知道，一位英俊的王子剛好經過這裏，並聽到了她的歌聲！

王子被白雪公主深深地吸引着，於是向白雪公主表露了愛意。白雪公主起初很害羞，馬上跑回城堡內。王子說：「命運將我帶來這裏與你相遇，請你相信我的一片真心。」

白雪公主與王子一起墮入愛河了。

第二天早上，善妒的王后已經想好了一個令白雪公主在世界上永遠消失的方法。王后命令獵人將白雪公主帶到森林裏殺掉，並將她的心臟放在盒子裏帶回來。

　　獵人將公主帶到森林裏，但他不忍心殺死善良的白雪公主。他將王后的陰謀告訴白雪公主，讓她躲到森林裏去，永遠不要再回城堡，然後他將一個動物的心臟帶回去，瞞過了王后。

　　白雪公主走進了森林的深處。她很害怕，不知道應該去哪裏才好，幸好森林裏友善的小動物把她帶到一間小木屋去。

　　「噢，太可愛了！」白雪公主讚歎地說，「就像一間給洋娃娃住的小屋。」

　　她敲了敲門，但沒有回應。她試着輕輕推門，門就被打開了。

　　「請問有人在嗎？我可以進來嗎？」白雪公主站在門外禮貌地問，但沒有人回答她。

白雪公主走進小屋，看見有七張小椅子，她猜想，應該是有七個小孩住在這裏。

　　「從這張混亂的桌子來看，那應是七個不愛整潔的小孩！」白雪公主從鍋裏拿起一隻臭臭的襪子說。

「我們來一起打掃房子，給他們一個驚喜吧！」白雪公主跟小動物們說，「那麼他們也許會讓我留下來的。」

在小動物們的幫助下，白雪公主把小屋打掃得乾乾淨淨。然後，她躺在三張小牀上，很快便睡着了。

　　天黑了，小屋的主人回家了。他們是七個小矮人，
在深山裏的鑽石礦場工作。
　　七個小矮人一邊唱歌一邊走回家，他們並不知道，
有驚喜在等待他們呢！

他們剛走進小屋，就發覺不太對勁：他們的家變得乾淨和整齊了！還有美食的香氣從掛在火爐上的小鍋傳來。

「有賊進屋了！」一個名叫愛生氣的小矮人叫道。

七個小矮人在小屋裏尋找那個不速之客。他們來到睡房的時候，白雪公主剛好醒來。

「你是誰？」小矮人們問道。

「我的名字叫白雪。」白雪公主溫柔地微笑着說。

14

然後，在小矮人們介紹自己前，白雪公主看到他們的表情和動作，很容易便猜到誰是誰了 —— 因為每張小矮人的牀上都刻着各人的名字，他們分別叫萬事通、開心果、噴嚏精、瞌睡蟲、害羞鬼、愛生氣和糊塗蛋。

　　白雪公主把自己的遭遇告訴了小矮人，然後說：「請不要把我趕走。」

　　小矮人很同情白雪公主的遭遇，答應讓她留下來。

當天晚上，七個小矮人享受了白雪公主烹調的美味晚餐後，便與白雪公主一起唱歌跳舞，歡迎她的到來。

整個晚上，小屋裏都充滿了音樂和歡笑聲。白雪公主非常高興，很快便忘記了不愉快的事情。

另一邊廂，王后站在魔鏡面前，問着她每天都問的問題。但是，鏡子卻沒有說出王后希望聽到的答案。

魔鏡說：「白雪公主仍然在生，她是世界上最美麗的人。你這個盒子裏放着的是豬心。」

王后極為憤怒，原來獵人欺騙了她！

王后匆匆走下長長的樓梯，穿過黑暗的地牢，來到城堡裏一個隱蔽的房間。她在那裏找到一本魔法書，並用一種可怕的藥水將自己變成一個老婦！然後，她將一個蘋果浸入毒藥裏。

　　「只要吃了一口毒蘋果，白雪公主將永遠沉睡不醒！」王后得意地大笑起來。

　　破解這個魔咒的唯一方法，就是一個真愛之吻，只有這樣才能將白雪公主喚醒。

　　第二天，七個小矮人離開家中去工作後，偽裝成老婦的王后來找白雪公主。心地善良的白雪公主邀請老婦到小屋裏喝水。

　　森林裏的小動物感覺到老婦對白雪公主不懷好意，於是趕去小矮人工作的地方求助。

王后把毒蘋果拿出來送給白雪公主，欺騙她說：「這是一個神奇的許願蘋果。只要你拿着它許願，再咬它一口，願望就會實現。」

白雪公主希望能再次見到她的王子，於是她拿起蘋果，低聲說道：「我希望能再次見到我的真愛……」

白雪公主閉上眼睛，咬了一口蘋果。不消一會兒，她便倒在地上了。

「現在我就是世界上最美麗的女人了！」王后得意地叫道。

在王后離開小屋的時候，小矮人們剛好回來。他們一路追趕王后，穿過森林，爬到了山上。王后越跑越高，直至來到懸崖邊。她終於無路可逃了。

「砰」一聲，一道閃電擊中了王后站着的懸崖邊，邪惡的王后尖叫着掉下懸崖，永遠地消失了。

疲憊的小矮人們回到小屋裏，發現白雪公主靜靜地躺在地上，怎麼叫喚也沒有醒過來。他們傷心極了。

儘管白雪公主一直沉睡着，但仍然像從前般美麗。小矮人們決定為她製作一張精緻的、周圍鋪滿鮮花的牀，日夜守護着她。

一天下午，一個英俊的年輕人騎着馬穿過森林。他就是與白雪公主相愛的那位王子。

原來王子自從在城堡裏找不到白雪公主
後，便一直到處尋找她。當他從小矮人口中
知道白雪公主的遭遇後，他傷心極了。王子
俯身輕輕地親吻了白雪公主。

這是一個真愛之吻！

白雪公主慢慢地睜開了眼睛，然後坐了起來。
真愛之吻把魔咒解除了！
　　王子高興極了，把白雪公主
抱了起來。七個小矮人和小動物
們圍着白雪公主和王子跳起
了歡快的舞蹈，愉快的笑
聲傳遍了整個森林。

白雪公主與王子一同離開森林，準備開始新生活了。白雪公主吻別了每一位小矮人，並答應會回來探望他們。

　　王子將白雪公主抱到馬背上，帶着她往自己的城堡走去。白雪公主知道她的願望成真了，她和王子將會在城堡裏永遠幸福地生活在一起。

迪士尼公主
經典故事集 ❸

花木蘭

很久以前，中國有一個名叫花木蘭的女孩。她希望自己能為家族帶來榮耀，但卻不知道該怎麼做。

一天，在一棵盛開的櫻花樹下，木蘭的父親指着樹上唯一一朵尚未盛放的花說：「這朵花雖然開晚了，但我相信它盛開的時候，肯定是這些花朵中最漂亮的一朵。」

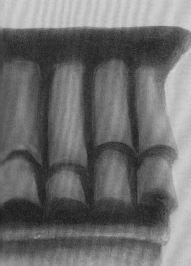

突然，一個官員騎着馬跑進木蘭所住的村子裏。他大叫道：「匈奴大軍入侵中原！皇上有令，每家每戶都必須派出一名男子當兵，一同對抗外敵！」

木蘭家中只有父親一名男子，她聽到宣布後立刻衝上前說：「我的父親在戰場上受過傷，不能再參軍了。」

木蘭魯莽的舉動令那個官員很不滿。當木蘭被祖母拉過一旁時，徵兵令已交到她父親手上了。

　　木蘭很擔心父親的安危。她知道女子不能加入軍隊，
於是裝扮成男子，冒着黑夜前往軍營，代替父親去參軍。
　　到了第二天早上，木蘭的家人才知道她去了軍營。他
們非常擔心木蘭，只能祈求祖先讓木蘭平安歸來。

在供奉花家祖先的地方有一條小龍，名叫木須。他知道木蘭的事後便叫醒了花家的祖先。木須曾是花家的守護龍，但因為一次任務失敗而失去這個位置。他希望藉着幫助木蘭，向大家證明自己的能力。

花家的祖先起初取笑木須不自量力，但最後還是答應派他去保護木蘭。

　　木須來到木蘭身處的軍營外面。他利用火光令自己的體形看起來巨大無比,然後跟木蘭說:「我是花家的守護神龍,特意前來協助你的。」

　　「花家的守護神龍原來是一條小蜥蜴?」當木蘭看到木須的真身後,不禁脫口說了出來。不過,木蘭真的很需要幫助。

經過木須的提醒，木蘭才想起要為自己改一個比較男性化的名字。她接受木須的建議，把名字改為花平。

當木蘭來到長官李翔面前，把父親的徵兵令交給李翔後，她便正式加入軍隊了。

　　李翔是個強壯的軍人，對士兵的訓練也很嚴格。他朝一根柱子的頂端射出一枝箭，要求士兵在雙手手腕分別綁上一個沉重的鐵盤，再爬上柱子把箭拔出來。士兵們努力嘗試，但沒有一個能成功。

　　除此之外，木蘭和其他士兵每天也要練習各種武藝，從天還未亮便開始練習，直到天黑才能休息。

異常艱苦的訓練令木蘭快支持不住了，但她一想起父親，便決定即使難關再大，也一定要闖過去。

　　木蘭想到一個方法爬上柱頂了。她把連着兩個鐵盤的帶子圍着木柱，把帶子當作支撐點，雙腳踩在木柱上面，然後慢慢地往上爬。

　　終於，木蘭把柱頂上的箭拔出來了！其他士兵都為她大聲歡呼，而李翔也對木蘭刮目相看。

李翔的軍隊要上戰場對抗匈奴大軍了！李翔命令士兵向敵軍
發射火炮，但匈奴騎兵的移動速度很快，火炮難以擊中他們。
李翔軍隊的火炮只剩下最後一支了，戰況對他們非常不利。

木蘭突然想到一個主意。她抓起最後一支火炮，向着匈奴大軍的首領單于衝過去。然後她瞄準目標發射火炮 —— 那是單于將要經過的一個雪峯。鋪天蓋地的積雪滾滾而下，轉眼間便把單于和他身後的軍隊掩埋在厚厚的雪堆下。

大雪洶湧而來，木蘭趕緊騎上自己的黑馬往前跑，還把身陷險境的李翔也救了出來。

在逃生期間，木蘭為救李翔而不幸受了重傷，昏迷倒地。

在昏迷前的一刻，木蘭隱約聽見李翔對她說：「我欠了你一條命。」

李翔把木蘭帶到軍醫處療傷，木蘭是女子的秘密被揭穿了！當時的律法規定，女子是不能參軍的，有官員要求李翔以叛國罪把木蘭處死，但李翔拒絕了。

「我欠你的一條命已經還了。」李翔對木蘭說。然後他下令全軍離開，留下木蘭獨個兒待在雪地裏。

木蘭在雪地裏生了一個小火堆取暖。她想到軍中的朋友都離她而去，心裏十分難過，幸好還有木須陪伴着她。

　　突然，木蘭聽到遠處傳來一聲憤怒的吼叫。是單于的聲音！他和五個匈奴兵從雪堆中爬了出來，還說要去京城襲擊皇帝。

　　「我得去阻止他們！」木蘭說着，趕緊騎上馬，奔向京城。

京城裏，人們正為李翔打敗匈奴軍而慶祝。
木蘭找到了李翔，把單于的消息告訴他，但李翔
不肯再相信木蘭的話了。

與此同時，單于的五個士兵向皇宮發動攻擊，把皇帝捉住並鎖起來。

　　單于故意跑到屋頂上，炫耀似的揮舞着勝利的寶劍。

　　木蘭和李翔得想辦法救出皇帝！

　　木蘭和李翔追趕匈奴首領，跟他搏鬥起來，但是單于武藝高強，把李翔打傷了。木蘭趁單于分神之際，奪過他的佩劍，用它把單于的衣角釘在屋頂上。「木須，準備好了嗎？」木蘭叫道。

　　木須把點燃了的火箭向着單于疾射過去，終於把單于打敗了！

皇帝被救出來了。
「花木蘭，我聽過你的種種事跡。」皇帝嚴肅地說，「你盜取了父親的徵兵令、冒充成男子加入軍隊、毀壞了我的皇宮，還有……拯救了我們。」

說罷，皇帝竟然向木蘭微微鞠躬，以示謝意。接着，所有官員，包括李翔，都向木蘭下跪行禮。

木蘭終於回到家了。她把皇帝賜給她的寶劍拿給父親看。

「上天給我最好的禮物和最大的榮耀，就是有你這個出色的女兒啊！」父親緊緊地抱着木蘭說。

木須也回到他原來居住的地方。所有的花家祖先都認為木須這次做得非常好，他可以恢復原位，做花家的守護龍了。